光が泣いていた。

あいざわ ひでしげ
AIZAWA Hideshige

文芸社

はじめに

二十歳の頃、受験勉強と言いながら家からほとんど出ない生活を送っていた。その頃の楽しみといえば、飼猫に餌をやることとプロ野球のテレビ中継をみることだった。

一人部屋にいて時間が過ぎていくと漠然と不安が襲ってくる。夜、窓から見える月や星の輝きは、そんな不安を吹き飛ばし別世界に連れて行ってくれたような気がする。

お月様に感謝を。あの頃の私は毎日お月様との会話を楽しんでいた。風と木々の歌声を聴きながら遠い昔の思い出を語り、忌まわしい記憶と戦いながら時間を過ごしていると、お月様はいつも静かな光を与えてくれた。今思い出すと懐かしい感覚である。

半引きこもりの状態で書いた詩を今でも読むが、あの頃の不安は何だったのだろうか。お月様のメッセージなのかそれとも風の悪戯なのか、その答えは今もって解けない。

目次

【風と雪と月と】

話せないこと

息を切らして、
ただいまという声に、
一粒の汗。
夕立の音にお月様が目を覚まし、
君の背中を叩く。

トントン、
トントン。

その音は時が経つに、
しだいに薄れ消えてゆく。

トントン。
もうお月様は話さない。
トントン。
もうお月様は微笑まない。

もう会えない。
もう見えない。
もうはしゃげない。
もういつか話せた言葉すら話せない。

銀河の海をもぐったら

銀河の海をもぐったら、
一分も経たずに死んだんだ。
何故だろう。
僕なら三分はもぐってやる。

明日、月と一緒に旅に出かける。
昨日、月がそう言った。
本当だよ。

ねェ。
宇宙っておおきよねェ。

ずっとずっと広くて、
ずっとずっと深いんだよねぇ。
お魚なんか泳いでいて、
海みたいでしょう。
僕、気づいたんだ。
あの星の光は魚の目ってことを。

銀河の海をもぐったら、
三分はもぐってやる。
そして、
お魚いっぱい獲るんだ。
あー早く行きたい。

支配者

思い出は寂しい砂遊びのようで、
独りとり残されポツンと見た、
あのお月様のようだ。
息を切らして走りたいが、
走れない。
そう重力が邪魔をして苦しいのだ。
重い世界の中で、
常に下へ下へ力が働く、
重力の支配だ。

何もない

雪降らず、
雲もなく、
風もない。
そんな夜に、
星がない。
月もない。

雨の中で語ること

雨の中で語ることは、
太陽の大きさや温度、
月の性格や表情、
思い思いの言葉の中で、
泳ぐ少年のようだ。
本当の言葉は無いのか、
本当の言葉。

ロボットになれない僕

ロボットになれない僕は、
雨に打たれてサビてゆく。
どどっ広い砂漠の中で、
僕がいて、
砂があって、
砂があって。
月が輝いているのに、
星が綺麗なのに、
何故、雨が降る。

一人でいること

風はいつも一人。
いつもいつも一人。
友達が欲しいなー。
でも、
風は風、
たぶん風、
どこまでも風。

風とヤコブ

アルゼは風と話した。
もう羊はいらないって。
何故、今頃?
風は笑って、
羊がかわいそうだから。
ヤコブが言っていた。
じゃ僕はどうやってカルガルに謝れば。
さぁヤコブに聞けば。
羊の肉が飽きた、
それがヤコブの気持ちだろう。
ヤコブは神だから逆らわない方が。

汚い、
ヤコブは知っていた、
昨夜僕がカルガルを殺したことを。
カルガルは僕の友達。
それでも殺したのはヤコブは神だから、
ヤコブは絶対だから。

風は帰った。
家にはアルゼしかいない。
風も一人のはず。
そしてヤコブも。

雪の下には

雪の下に草が眠る。
ひとつ、ふたつ、
落ちながら消えてゆく。
静かに、静かに、
消えてゆく。

雪の下に草が眠る。
風が吹く、
風が吹く、
一晩中風が吹く。

雪の下に草が眠る。
静かに、静かに、
待ちながら、
雪の上に雪が降る。

雪ぼうし

僕の頭は雪ぼうし。
三角山の雪ぼうし。
風が吹いたら飛んでゆき、
風が消えたら現れる。
誰も知らない雪ぼうし。

【レム睡眠の中で】

処刑

この人形が、
この手の中で笑って、
気にくわないからバラバラにして、
火をつけちゃった。
この人形が、
このビニールが、
キュキュと、
空気を流して、
ドロドロに溶けて、
どんどんどんどん、
遠くまで押し上げて、

【レム睡眠の中で】

あー天国にいきますように。
そうお祈りをして。
気が付くと真っ黒。
この手が、
この服が、
この顔が、
土や煤で、
グチャグチャになって。
お母さん、汚しちゃった、
これ、捨てるね。

開かない傘

雪が降っても傘が開かない。
この重い黒い傘がサビついて開かない。
どうしよう。
雪は時間を知らない。
ここに僕がいて、
ここで傘が開かないことを知らない。

どうしよう、道はもうない。
雪が全部消してしまった。
雪が全部変えてしまった。
僕は歩かなければならぬ。

この開かない傘をもって、
この重い傘をもって。
そう、
きっといつか開く、
そう思い歩かなければならぬ。

予測

やっぱりそうだった。
僕は信じたもの全てを失った。
神様は遠い所へ行ってしまった。
深い深い天空を僕はさまよった。
大きな目をした生き物が、
僕を追いかけてきた。
苦しくて苦しくて、
毎日地上を眺めていた。
大きな木が人によって切り倒されていた。
小さな木も人によって切り倒されていた。
いつもいつも、苦しかった。

【レム睡眠の中で】

神様も言葉少なく悲しんでいた。
もう残すことは何もなかった。
やっぱりそうだった。
大きな事が小さな事を誘い始めた。
もう止められなかった。
眠くなり眠ってしまった。

夢

夢を見ました。
大きな大きな穴に入り、
大きな大きな人にいたぶられる夢です。
叫んでも、叫んでも、
皆知らんぷりして歩いていきます。
大きな人は笑います、
僕の苦しむ姿を見て。
大きな声で笑います。

金魚鉢にて

言葉がないことをいいことに、
この金魚鉢で生きる僕を、
眺め、眺め、眺め、
口をパクパクさせ何かを話している。
僕にはわからない。
僕は何なんだ。
この生き物は何なんだ。
この光、
この音、
全て偽りの世界。

贈り物

化石化した頭を、
金槌で砕き、
地中深き天国におくる。

お化けの僕

怖い、
自分がだんだんお化けになる。
自分の身体は人間なのに、
自分の顔は笑っているのに、
心はいつも恨み顔。

怖い、
自分の恨みが自分自身に向けられるのが。
自分の正義が、
弱いが故に正義でなくなり、
だんだんだんだん悪になり、

嘘になる。
弱いが故に、
他人を憎めず自分を憎む。

怖い、
自分が信じられない。
自分がお化けで、
他人が人間で、
他人が正義で、
自分が悪で、
自分はいつも他人の間を行ったり来たり、
存在はいつも影。

殺人者

自分の心にピストルを持て。
そして殺すのだ。
数百万という人民の心を、
そのピストルで、
自分を守るために、
自分を主張するために、
主張の出来ない人間はただの生き物だ。

【光なき木の傍で】

そっと叫ぶ

家の前に立つ大きな木。

おはよう。
おはよう。
毎日木はそっと叫ぶ。
でも誰も木に話さない。

木は今日も、
おはよう、
おはよう、

そっと叫ぶ。

わからないこと

いつもわたしがいます。
でも私は何でしょう。
水ですか。
空気ですか。
草ですか。
私に視界があったら、
目に映る美しいモノが、
きっと私の姿と思い、
それを眺めて暮らせるのに。
でもわからない。

だんだんだんだんわからない。
私がいるか、わからない。
生活はそういうもの。
記憶の中の言葉が、
そう言うけど、
私は私を確かめたい。
もしも私が存在しないのなら、
私の意識は何ですか。
いつまで私はいるのでしょう。
きっとわからないままここにいて、
わからない、わからない。
そう思っているのでしょうか。

無感動な僕

どうして、もう涙が出ないのだろう。
あれほど簡単に泣けたのに。
今は名画を見ても、
恋人と別れても、
仕事に失敗しても、
一粒の涙が出ない。
あるのは自分に対する怒り、
無力さだけだ。
あーもう一度、
公衆の面前で泣けたら、
こんなモヤモヤ吹っ飛んで、

ケロッとして、
おはようと大声上げて挨拶出来るのに。
何故出来ないのだろう。

歩くことは良いことなのか

歩くことは良いことなのか。
歩けない人は人間なのか。
どうしても歩かなければならないのか。
毎日が流れている。
夢があることは良いことなのか。
とても不思議なことだ。
一人の人間が沢山の考えをもって、
その考えによって歩けなくなる。
歩くことは本当に良いことなのか。
一人そこで動かずに座っていれば、
世界は変わらないのだろうか。

動かないこと

とても大きな川に青い魚がいます。
一年、二年、
その魚はただ口をパクパク動かし、
動こうともしません。
十年、十五年、
川がだんだん汚れていきます。
もう周りに魚はいません。
ただ、ゴミが沈んでいます。
青い魚はいるのでしょうか。

暗黒模様

目の前は黒。
白黒つけた目の色は、
七色に輝くスモッグに、
木々の歌声も、
黒、黒、黒。
灰色も自然と思い、
空を見上げて深呼吸。
ゴミだ、ゴミだ。
身体は嘆き、
心は和む。

光が泣いていた

光はいつも弱く、
川の中で泳ぐ魚のようだ。
突然の揺らぎの中で、
僕の身体は奪われ、
一瞬の苦痛と快感の中で消えてゆく。
光は弱い。
どこまでも、どこまでも光を求めたいが、
もう諦めの言葉が現れた。
言葉が欲しい、
言葉が。
弱い人間はいつも消されていく。

寂しいのかな、猫がニャーとなく。
どこまでも光が泣いていた。

時間潰しの問答

やっぱり変わらなかった。
人が変わるとは、いつ頃なんだろう。
僕はいつも考えていた。
答えのない解答を。
考えることによって時間を潰し、
気をまぎらわしていた。
外にいる人たちは汗を流し働いている。
そう考えると僕は悲しくなる。
外で働く奴はタダの働き蜂さ。
そう考えるときもある。
それは負け惜しみ。

僕は何も出来ない。
人は一日働き幾らかのお金を稼ぐ。
僕は一日親の力で生きている。

僕は自分が悲しいのに人に言えない。
嬉しいのに人前で笑えない。
何が楽しくて生きているのか。
人に尋ねられ、
返答に、ただヘラヘラ笑って、
なんだろうね、と誤魔化し、
人前から立ち去る。

一日終わるとまた悲しくなる。
どうして感情があるのか。
そんな疑問に、

うれしくなるために悲しくなるから、
と答え、部屋で一人布団に入る。

【夜の散歩道】

がまんすること

冷水につかり、
氷を入れ、
ガチャガチャかき回し、
遊ぶ。
心から楽しそうに、
心から嬉しそうに、
笑顔で、
冷水につかる。

シャットダウン

話をやめましょう。
いくら話しても切りがありません。
気持ちが伝わらないので残念です。
あなたとなら分かってもらえると思ったのに話はないですね。
もう、あなたと会うこともないです。
会いたくないです。
どうぞお帰りを。

自己暗示

全部落ちてしまった。
お金が全部無駄になってしまった。
悲しみは僕から逃げて、
僕はタダの動物だ。
不合格と同時に夢までも消え、
社会から追い出され、
敗北者、
敗北者というイメージが僕の頭の中を
グルグル回る。
お前は落ちたのだ。
お前は頭が悪いのだ。

お前は怠けものだ。
お前はもう這い上がれないぞ。
お前は大馬鹿ものだ。

可笑しい奴

全く可笑しい奴だ。
いつも寂しいくせに、
いつも怖がっているくせに、
のんびりした態度で大きなことを言って、
失敗する。
失敗すればするほど
自分は選ばれた人間なんだと思い込み、
やがて成功すると半信半疑に思い、
心では最低な奴と罵倒して、
自分で自分を嫌になり、
自分で自分を罰することが出来ず、

【夜の散歩道】

自分で自分を避けられず、
自分で最低の自分を眺めているだけ。
全く可笑しい奴だ。
自分の中に数人の奴がいて、
数人の奴が自分を動かして、
それが自分の意思となる。
全く困ったものだ。
数人の奴はバラバラで、
時として怒り、
時として笑い、
時として悲しむ。
だから自分は、
いつも怒りながら笑って悲しんで、
笑いながら寂しくなって、
全然バラバラなんだ。

数人の価値観がバラバラなんだ。
だから自分は動けず、
ただ、ただ馬鹿笑いをしているだけ。
数人の奴はバラバラで、可笑しいんだ。
他人のそれとは違うんだ。
嫌、他人もそうなのかもしれない。
他人はそれを無意識に
管理しているのかもしれない。
自分は出来ない。
弱いから出来ないのか。
弱いから、数人の奴に馬鹿にされ命令され、
失敗する。
社会人としては失敗して捨てられる。

全く可笑しい奴だ。

【夜の散歩道】

数人の奴はいつも同じだ。
自分の中にいて小さい頃から変わらない。
ちっとも責任を感じない。
いつも自分を動かしているのに、
責任を取れといっても
どうすればいいのだろうか。

決心

僕は独りで生きる。
独りでたくさんだ。
独りで。

比べること

大きな山
大きな谷
みんなみんな大きい。
そんな世界に、
一人小さな僕がいる。

忘れてしまうこと

猫は独りで寂しくないの。
アー猫はいつも独り。
いつも独りだから、
忘れちゃったんだよ。
寂しいということが。
本当?
なら羨ましい。
だって私いつも独りになると寂しくなって、
誰かとお話したくて、
それで誰かと長電話をして、
お父さんに怒られるけど。

【夜の散歩道】

それなら全然怖くない。
暗い所に一人でいっても全然怖くない。
お父さんお母さん消えても全然怖くない。
本当か？
じゃ明日消えちゃうぞ。
え、嘘よ、嘘。
ハハ、ならいいけど。
でも寂しくないことは、
本当は一番寂しいことなんだ。
だって誰も話をしたがらない。
楽しいことが出来ない。
そんなことが本当に羨ましいことかい。
だって猫話せないよ。
いつもニャーニャー。
時々ギャーギャーだけど。

あーだからは話せないんだ。
猫だって本当は寂しいんだ。
でも、それを表す方法が頭にないんだ。
だからいつもあーやって目を閉じて、
寝ているんだ。
人間に生まれて良かっただろう。
ええ、でも、話せる能力って辛いことねぇ。
こうやってお父さんの話を、
うんうん、と聞くんだもの。

愚痴

山、人多く、
重い重いと嘆いています。
木々も無くなり冬近づき、
寒い毎日に鳥も虫もいません。
毎日人が来て、ゴミを置き、
やっぱり自然がいいな。
そんなことを言い、また帰っていきます。
自然が良いなら、そこに居れば良いのに。

山、人見て、
返せ返せと叫んでいます。

人間は家で暖かい生活を、
山は裸で寒い生活を。
動けない自分を悲しんで、
動ける人間を恨んで。
もういいや、
好き勝手にしろ、
どうせ弱い奴は生き残れないさ。

歩く、歩く

歩く、歩く。
暗いさびしい世界を。
見たこともない生き物が、
足の裏に、
触る、
食べる。
そんな気持ちで、
私より小さな生き物を、
飲み込む。

【月夜のディナー】

あったかたかしか

あったかたかしか、
あったかたかしか、
ぶくぶくぶく。

あったかたかしか、
あったかたかしか、
ぶくぶくぶく。

あーいい湯だ。
そうだ、そうだ。
あったかたかしか、

【月夜のディナー】

いい湯だよ。
骨まで溶けろ、
骨まで溶けろ、
ぶくぶくぶく。
あったかたかしか、
あったかたかしか、
ぶくぶくぶく。
あったかたかしか、
あったかたかしか、
どこへゆく。
あったかたかしか、
どこでしょう。
砂が広がり、
骨が笑うよ、
ぶくぶくぶく。

水が逃げれば、
あったかたかしか、
ひがしずむ。
あったかたかしか、
ひがきえる。

あったかたかしか、
あったかたかしか、
ぷくぷくぷく。

だらくた

私もとうとう、
だらくたの。

皆と同じ、
だらくたの。

食べ物たくさん、
だらくたの。

乗り物たくさん、
だらくたの。

ガラクタたくさん、
だらくたの。

カラスがたくさん、
だらくたの。

ハゲ山たくさん、
だらくたの。

社長の頭も
だらくたの。

ゴルフのショットも
だらくたの。

【月夜のディナー】

お金もたくさん、
だらくたの。
選挙の投票、
だらくたの。
眠くて眠くて、
だらくたの。
万歳万歳、
だらくたの。
お口を閉じて
だらくたの。

知らず知らずに
だらくたの。

気づくとそこは、
だらくたの。

きっときっと、
だらくたの。

月夜にビスケット

月夜にビスケット、
笑ってた。
アハハ、アハハ、
だって。

ビスケットに水をつけたら、
バシャ、バシャ、
だって。

おいしい。
だって美味しいんだもの。

ごめんねえ、
でも食べたいんだもの。

親友

サルビル君、
君ってやさしいね。
どうして。
うん、僕にもわからない。
岩に咲くカルミルの花
あの蜜、美味しい。
サルビル君、ずるいや。
そんなこと何故黙っていたの。

サルビル君、
君ってやさしい。

僕のために何故。
優しさはこんなことで証明するの。
カルミルの蜜、美味しい。
でも、寂しい。
さようなら、サルビル君。
君って最後までやさしい。

クリスマス

ケーキの上でイチゴが踊る。
楽しそうに、嬉しそうに、
イチゴが踊る。

白い世界に輝く光。
サンタが跳ねて歌声が響く。
賛美歌とともにキリストの目が覚め、
欠伸しながら歌いだす。

マリア様、
マリア様、

お母さんの膝の上。
微笑む子供に、跳ねるイチゴ。
触る小指にクリームが跳ねた。
イチゴの甘さが、
夜空に幸せをもたらした。

綺麗になりたくて願い事

綺麗になりたくて願い事。
一つ叶うと、嬉しくなる。
二つ叶うと、幸せになる。
三つ叶うと、冷たくなる。
四つ叶うと、お偉くなる。
五つ叶うと、不幸になる。
それでも、
綺麗になりたくて願い事。

言葉のない世界

言葉のない世界
きっと深海の海。
皆静かにずっと平和を感じず、
ただただ毎日をのんびりと自分を知らず。
生まれ、子を産み、
そして死んでゆく。
気がつくとそこは世界
夢を見ないで、自分を知らないで、
周りを気にしないで、
いつもゆっくり動き、
いつも微かに呼吸して、

【月夜のディナー】

いつもいつも同じ顔で、
いつもいつも瞳を閉じ、
いつもいつも黙っている。
上を見ても、
下を見ても、
何も見えず、
何も聞こえず、
ただただ、
少しずつ無くなる空気を数えては、
観ている。
それが世界。

ごちそう

わずかなよめいだ、
ことことことと。
わずかなよめいだ、
ことことことと。
なべは、いもだよ、
ことことことと。
ひのこもさわぐ、
ことことことと。

【月夜のディナー】

うまいぞ、うまいぞ、
かぜのこ、さわぐ。

あることないこと、
ことことことと。

ねずみもなくよ、
ねこのまえ。

どうだたべろと、
ことことことと。
たべてよろこび、
ことことことと。

めだまはたろう、
あしはじろう。

だしのこのちは、
たろさくだ。

うめいかうめいか、
そうだろう。

にこめよにこめ、
ことことことと。
ここはてんごく、
ことことことと。

わずかなよめいだ、

ことことことと。
わずかなよめいだ、
ことことことと。
わずかなよめいだ、
ことことことと。
わずかなよめいだ、
ことことことと。

【蒼き光】

山彦さん

山彦さん、山彦さん、
山の散歩はいかが。
もうすぐ雪解け、
春だから、
山彦さんも少し休んで、
鳥の歌声なんか、
聞いたらどうですか。

あ、そうだ。
これ山彦さんにプレゼント。
これ私の声。

どう綺麗でしょう。
自分で言うのも可笑しいけど、
私の声好きなの。
だから大切にしてね、
私の声。

山彦さん、
さようなら。
私いかないと、
太陽が私をさらっちゃう。
あーきれいな空。
本当に大切にしてね。

願望

小さい世界の中で、
ゆっくり、ゆっくり生活する、
蟻さんのような生活だ。

助けてもらうこと

神様は便利屋さん。
いつも正しく、
いつも美しい。
神様がいなくても生きれるのに、
神様が必要なのは、
怖いから、
そう死ぬことが怖いから。
神様が現れ助けてくれる。
そんな考えが正しいなんて。

望むこと

生活があると、
未来があるような気がして。
きっと、
このまま平和が続き。
私達のしていることが正しい、
そう信じて。
恋とか仕事とか、
そんなことにエネルギーを使い。
夢、
それは手に入らないけど、
きっといつかそんな幸せを望むことが、

幸せだったりして。

うらやましいこと

うらやましいな。
そんな気持ちで、
人を眺め。
そんな気持ちで、
人とお話をして。
人とさよならをしたら。
きっと私も楽しくなって、
早く明日にならないかなーと、
毎日神様にお願いして、
目が覚めると、きっと今日も良いことが。
そんな生活がうらやましいな。

信じること

とても大きなお話をします。
大きすぎて、よくわからないかも。

風の声
聞いたことありますか。
真夜中、
耳をすませて、
目を閉じると聞こえるのです。
ホラ、
小さな小さな声で、
そう森の中から聞こえます。

【蒼き光】

わかりましたか。
お月様が森の木に話しかけるのです。
そんな声に聞こえませんか。
聞こえない。
可笑しいな。
そんなことないです。
それはきっとあなたが聞こえないと、
思い込んでいるから。
ほら、目を閉じて信じてください。
聞こえる、聞こえるとね。
きっと聞こえてきます。
ずっとずっと、
遠い昔の笑い声が。

静かなこと

静かに生活しよう。
静かに、
静かに。
草の上で目をつぶったら
脚にトンボがとまっていた。

静かな光

月っておもしろいね。
いつも動いて、
いつもへんな形をして、
僕好きなんだ、
月を見ているのが。
もちろん夜空もいいけど、
こんな静かな光が、
もっと続いたらいいのにね。

著者プロフィール
あいざわ ひでしげ
セルフ・マスキャリア（代表)、キャリアコンサルタント。

団体職員を退職後、NPO 事務局長として日本語ボランティア養成講座等を企画。

「手話をもちいた日本語教室活動」といった文化庁委託事業「生活者としての外国人」のための日本語教育事業等を行う。

現在、オンライン家庭教師として中・高生の進路相談・教科指導を行っている。

光が 泣いていた。

2025年１月15日　初版第１刷発行

著　者　あいざわ ひでしげ
発行者　瓜谷 綱延
発行所　株式会社文芸社
〒160-0022 東京都新宿区新宿1－10－1
電話 03-5369-3060（代表）
03-5369-2299（販売）

印刷所　株式会社晃陽社

ISBN978-4-286-26165-2